1775
88 - 75

4 25
64
224 50
291 - 75
1775
1483 - 25

600
75

107
19

M. Hervey
M. Miltgen
JGN

(259e)

CATALOGUE

D'UNE JOLIE COLLECTION

DE

PORTRAITS

CURIEUX ET TRÈS-RARES

de Célébrités Princières, Artistiques et Littéraires

FEMMES CÉLÈBRES

MARIE ANTOINETTE, Mme DE SÉVIGNÉ, par Edelinck, etc.

POUR SERVIR AUX ILLUSTRATIONS

SUITES COMPLÈTES DE VIGNETTES

Pour le MOLIÈRE de BRET et autres

DONT LA VENTE AURA LIEU

HOTEL DES COMMISSAIRES-PRISEURS

RUE DROUOT, 5

SALLE No 7, AU PREMIER ÉTAGE

Le Mercredi 4 Novembre 1868

A UNE HEURE PRÉCISE

Me **DELBERGUE-CORMONT**, Commissaire-Priseur,
rue de Provence, 8,
Assisté de M. **VIGNÈRES**, Marchand d'Estampes,
rue de la Monnaie, 13, à l'entresol, entrée rue Baillet, 1,
CHEZ LEQUEL SE DISTRIBUE LE CATALOGUE.

PARIS — 1868

CONDITIONS DE LA VENTE

L'ordre du Catalogue sera suivi.

Elle sera faite au comptant.

Les Acquéreurs paieront CINQ POUR CENT en plus des enchères, applicables aux frais.

M. VIGNÈRES, dirigeant la vente, se charge des Commissions.

NOTA. Toute commission sans prix fixé ou sans limite déterminée sera regardée comme nulle.

M. VIGNÈRES se charge de faire marquer les prix aux Catalogues des ventes qu'il a faites. Les personnes qui le désirent peuvent s'adresser à lui *franco.*

Plusieurs Amateurs éloignés en ont reconnu l'utilité pour les guider dans leurs Achats sur les valeurs des Estampes.

Les Catalogues des Ventes à faire seront envoyés aux personnes qui en feront la demande *affranchie.*

AVIS. — Nous prions MM. les Amateurs éloignés de ne pas attendre au dernier jour, pour que les lettres arrivent le matin de la vente ; ils comprendront que quelques lettres peuvent se lire, mais de 20 à 50 lettres, c'est difficile.

Choix de Catalogues avec prix marqués.

Total de la Vente						1775 ..
						88 75
affiches et affichage			22			1863 75
Moniteur des Ventes			13	20		
Declaration de Vente			2			
Timbre du procès verbal			3			
Enregistrement			43	25		
Bourse Commune			56	10		
Honoraires Delbergue			56	10		
Clerc et Crieur			12			
Location de la Salle			24	45		
Commissionnaire et Gratification			15			
Catalogue			107			
affranchissement et distribution Catalogue			27	25		
Transport à l'hotel			2	50		
Chemises			2	80		
Moniteur avant propos, Moniteur Univers[10]			24	..		
Honoraires de Vignères			93	20		503 85
			503	85		
Deduire les 5% des acquereurs			88	75		1359 90
23-50 %			415	10		

		montage	Frais	
M. Hervey	1490 25	9 70	350 20	1111 15
	Bordereaux	19 20		
M. Miltgenne	224 50	34 10	52 75	127 65
		10		
Mouton	57		13	44 ..

20 avril 1880 M. Soleirol / Molière (Voir 411e) 3 25

(259e)

DÉSIGNATION

PORTRAITS

CURIEUX ET RARES

Classés par ordre alphabétique

1 **Aiguillon** (Marie de Vignerod duchesse d'). In-8. *Moncornet*. Très-rare.

2 **Aïssée** (Mademoiselle). Petit portrait par *F. Wexelberg*. Très-rare. Copie in-8, par *E. Leguay* 2 p.

3 **Albanie** (Steph. Annibal prince d'), né en 1751. In-4. Rare.

4 **Amelot** (A.-J.), secrétaire d'Etat. In-4 par *Saint-Aubin*. Belle ép.

5 **Angoulême** (duc et duchesse d') étant jeunes, par *Schiavonetti*. — La Comtesse de Provence. 2 petits ovales avant la lettre. — Madame par *Alix*. In-8. 4 p. très-belles ép.

6 **Arnauld** (Robert) d'Andilly. Henri Arnauld, évêque d'Angers. 2 p. par *Desrochers*. Très-belles ép., marge.

7 **Assas** (chev. d'), avec la scène de sa mort au bas. Grand in-8 par *Dupin*, marge.

8 **Balzac**, par *Mellan*. In-4. Très-belle ép., marge.

9 **Balzac** (Henriette de), marquise de Verneuil.— Gabrielle d'Estrées. 2 portraits octogones in-8 avant toutes lettres.

10 **Bandettini** (Teresa), célèbre improvisatrice de Lucques, rond in-8. Rare.

11 **Beauharnais** (comtesse Fanny de). Ovale in-8.

12 **Beaulieu**, acteur, par Vérité. Rare, in-8, rôle de Nicolas Ricco.

13 **Beaumarchais**. In-4 par *Saint-Aubin*, d'ap. Cochin. Très-belle ép.

14 **Béranger**, célèbre chansonnier, par *Reynolds*, d'ap. Scheffer. Sup. ép. avant la lettre. — Le même, par *Hopwood*. Sur chine. 2 p. in-8.

15 **Bernardin de Saint-Pierre** par Plée, sur chine avant toute lettre — par *Freeman*, sur chine. 2 p. in-8.

16 **Bertrand de Moleville** (A.-F.). In-8 par *Cardon*. Rarissime.

17 **Blanchard** par *Klinger*. — Les frères Montgolfier, par *Delaunay*. 2 p. gr. in-8.

18 **Bonaparte**. par *A. Tardieu*, d'ap. Isabey. — Autre anglais avant la lettre. — Les trois consuls réunis. 3 p.

19 — Premier Consul couronné par la Victoire. Charmant partrait in-8 par *Choffard*, an 9. Rare.

20 — (Madame). Ovale in-8 par *Bonneville*. Superbe ép. très-rare, marge.

21 — (Famille). Charles — Lœtitia — Joseph — Louis — Lucien — Joséphine — Marie-Louise — Hortense — Pauline — Napoléon I — II — Murat — et vignettes. 26 p. in-8 très-belles, plusieurs sur chine et avant la lettre.

Ditel. 3.

Lab. 3.

Jue 3

Dur. 5

Chaulin 2 50 Dur 5
Hanyard

... XXV

R. 5 Lab 6

... XII

... 2. Lab 10 Michel 4. Xavier 2.50

[illegible] 2 5 M. 3

Veyd. 2.50

[illegible] 1 25

Michel 2. Labo 3

Labo 4

Ch. Hoy 2.50 Labo 4

Mil. 4

[illegible] Veydt 2 25

Lab. 5

Lab 5

Michel 2 Labo 5

22 **Boucher** (F.), peintre, par *Cars*, d'ap. Cochin. In-4, belle ép. marge.

23 **Bourbon** (Elisabeth-Charlotte de), duchesse de Lorraine. In-8 par *Desrochers*. Superbe ép.

24 **Bourgogne** (Louis, duc de). In-8 par *Desrochers*. Très-belle ép.

25 — La duchesse par *Pitau*, in-8. Titre de l'Office de la semaine sainte, remargée.

26 **Brinvilliers** (Supplice de la marquise de). Petite pièce très-rare — Arrestation — Portrait. 3 p.

27 **Cadoudal** (Georges), par *Freschi*. Rare — par *Gautier*. 2 p. in-8.

28 **Cagliostro** (Comte de). In-4 par *Guérin*. Très-belle ép., marge.

29 **Cambacérès**. Petit rond par *Levachez* — *Couché* et charge. 3 p. in-8.

30 **Carrel** (Armand). In-4 par *Tourny*. Superbe ép. avant la lettre chine, avec dédicace signée par l'artiste.

31 **Chalais** (Henri de Tallerand, comte de). In-8 par *Le Bert*, d'ap. Dugoure. Rare.

32 **Championet**, général, in-4 par *G. Morghen*. Très-belle ép., marge.

33 **Chantal** (Ste Jeanne), in-8 par *Roullet*. Rare. — *Dieu*. 2 p.

34 **Charles XII**. In-8 par *Duflos*. Magnifique ép. — Autre petit portrait. 2 p.

35 **Charles** Louis, duc de Normandie, par *Scriven*. In-8 sur chine.

36 **Charlotte**, reine de la Grande-Bretagne. 2 por-

traits différents. — La princesse Charlotte. 3 p. in-8.

37 **Chenier** (M. J. de), par *Boutelou*, au bas la scène de Charles IX. In-8.

38 **Cimarosa** (Dom.). Musicien, in-8 par *Lambert*.

39 **Contat** (Emilie) au physionotrace *Quenedey*. Extrêmement rare, marge.

40 **Condé** (L.-H. Joseph de Bourbon), par *Lebeau* — et *Vangelisty*. 2 p. grand in-8, très-belles ép.

41 **Condillac**, abbé académicien, grand in-8 par *Volpato*. Sup. ép., toute marge.

42 **Conty** (princesse de). Louise-Elisabeth de Bourbon-Condé, in-8, rare, remargée.

43 **Conty** (Anne-Marie Martinozzi, princesse de). In-8 par *Vangelisty* d'ap. Petitot. Charmant portrait. Sup. ép., toute marge.

44 — Madame la princesse, fille aînée de M. le prince de Condé, par *Desrochers*. Très-belle ép. in-8.

45 — Madame la princesse de Conty, douairière. In-8 par *Desrochers*. Très-belle ép., toute marge.

46 — Fortunée Marie d'Est, par *Saint-Aubin*, d'ap. Cochin. — Autre coiffée avec chapeau à plumes. 2 p. in-8.

47 — Armand de Bourbon, in-8, *Moncornet*. — Louis-Armand par *Larmessin*. In-4 superbe et autre in-8. 3 p.

48 — L.-F.-J. de Bourbon. J'ai trahi mon père, ma femme, mes parents, l'État et mon roi. In-8 très-rare.

H. 2 50

Lachap. 3 50 Ditch. 2. [illegible] 2
Michel 11

[illegible]

Ditch 5 [illegible] 2 50

Mit 4 Michel 2 50

Mit. 5 Lab. 15 Michel 2. 50

Mit 6

Mit 12 H. 5 Lab. 15

Mit 10

Lab 10

Ch. Flory. 1 50

Guer 3

Michel 7 E. Petit 1

E. Petit 1 M. 3

Lab. 6

E. Petit 2 Lab. 6 Mil 5

Lab. 5

Voyer 1.50

Dur 3

Lab. 12 Guer 6

49 **Corday** (Charlotte). *Bonneville*, Furne et scène de la mort de Marat. 3 p. in-8.

50 **Coyer** (Gabriel-François, abbé), des Académies de Nancy, Rome, Londres. Charmant portrait par *Trière*, d'ap. Colson, in-8. Sup. ép.

51 **Czartoryska** (Izabella) en pied par *Testolini*, d'ap. Cosway, en bistre, in-4, rare.

52 **Dauberval** (Théodore), célèbre danseuse de l'Opéra. In-8 à l'eau-forte par *C. Henard*. Charmant portrait très-rare, toute marge.

53 **Dauberval** (Théodore et Jean Bercher). 2 très-petits médaillons par *Legoux*, d'ap. Lefèvre. Sup. ép., toute marge.

54 **De Brosses** (Ch.), comte de Tournay et de Montfalcon, président du Parlement de Dijon. In-4 par *Saint-Aubin*, d'ap. Cochin. Superbe ép. toute marge.

55 **Déon** (Chevalière). In-8 par *Chambars*, d'ap. Cosway, en bistre. — Profil par *Letellier*. 2 p. in-8.

56 **Deshoulières** (Madame). In-8 par *Schmidt*, toute marge.

57 **Devonshire** (Georgina, duchesse de), grand in-8 par *Stubbs*, d'ap. Cosway. Sup. ép.

58 **Dibdin**, auteur du Tour de France. In-8 par *Thomson*, sur chine, rare.

59 **Docteur** (le) pour la Chaumière indienne. In-8 par *Pigeot*, d'ap. Meissonnier. Magnifique ép. avant la lettre, sur chine, toute marge.

60 **Dorat**, poëte. Médaillon soutenu par les Grâces et couronné par l'Amour. Charmante composi-

tion in-4 par *Lebeau*, d'ap. Queverdo. Sup. ép., 1er état avant la draperie, marge.

61 **Drouet**, maître des postes de Sainte-Menehould qui arrêta Louis XVI dans sa fuite. A Paris, chez l'Aveniel près le Pont-Neuf et à Bruxelles. In-8 rarissime.

62 **Du Barry** (Madame la comtesse). In-8 par *Louis Bonnet* en couleur. Sup. ép. très-rare.

63 **Duboccage** (Madame). In-8 par *Tardieu*. Belle ép., marge.

64 **Duclos** (Ch.), académicien. In-4 d'ap. *Cochin*, avant toute lettre.

65 **Dugazon** (Madame), role de Nina. In-8 par *Janinet* en couleur. Sup. ép.

66 **Dumouriez**, général. Grand in-8 par *Alix*, ovale en couleur. Superbe ép.

67 **Dutey** (Mlle), célèbre actrice. Grand in-8 par *Lebeau*. Très-belle ép., toute marge.

68 **Elisa**, grande duchesse de Toscane, princesse de Lucques et Piombino. In-8; gravée par *R. Morghen*. Grande marge, très-rare.

69 **Elisabeth** de France, avec voile de deuil. Grand in-8. A Londres. — Elle monte au ciel. Allégorie. 2 p.

70 **Euler** (Léonard), géomètre, par Mechel, Hall. 2 p. in-8. Sup. ép.

71 **Fenouillot** de Falbaire de Quingey, inspecteur des Salines. In-8 par *Saint-Aubin*.

72 **Flemming** (Comtesse de), épouse du célèbre ministre d'Auguste II, roi de Pologne. Petit in-fol. manière noire par *Eccardt*. Rare.

XXV Heley X Lab. 12 Michel 1

Deb. l'Et. 5 Demonet Lab. 10

Ch. Hong 1.

Id. 2

Demonet Michel 6

[illegible]

Demonet Lab. 6

Lab. 6.

April 2

Lab. 5

[illegible] 3 Michel 3

Lab 10

Michel 5 Veyot 2,50

73 **Frédéric II**, roi de Prusse. 2 différents. — Fréd. Guillaume II et sa femme. 4. — Fréd. Guillaume III. — Ch. Frédéric III. par Ficquet. — Fréd. Guil. prince et Elisabeth. 10 p. in-8.

74 **Fromentière**, évêque d'Aire. In-4 par *Van Schuppen*.

75 **Gardel**, maître des ballets. In-4 par *Eymar*, 1809.

76 **Genlis** (Mme de). In-8, d'ap. *Devéria*. Jeune et âgée. Sup. ép. sur chine avant la lettre et autre. 3 p.

77 **Giardini** (Autographe de), au revers du billet d'entrée à son bénéfice, représentant Mercure et Apollon, auquel une Muse attache la couronne, par *Bartolozzi*, d'ap. Cipriani. Rare.

78 **Gœthe**. Jeune et autres. 4 différents.

79 **Goldoni** (Carlo). In-8 par *Raphaël Morghen*. Superbe ép., toute marge.

80 **Graffigny** (Madame de). In-8 par *Cathelin*, 1763, d'ap. Garaud. Charmant portrait.

81 **Gretry**, musicien. In-4 par *Moreau* le jeune. Belle ép., marge.

82 **Grignan** (Comtesse de), par *Pinssio*, *Roger*, *Dequevauvillers* et autre, avant la lettre. — Pauline, marquise de Simiane, par *Masquelier*. 5 p. in-8. Très-belles ép., marge.

83 **Guébriandt** (Comte de), maréchal, et sa femme Renée du Bec. Rare. 2 p. par *Moncornet*, remargées.

84 **Guizot**, par *Laugier*. — Madame Guizot, née

Pauline de Meulan, par *Tony Johannot*. Rare ép. d'artiste, chine. 2 p. in-8 toute marge. Sup. ép.

85 **Guyon.** J.-M. Bouvières de la Mothe. In-8 par *Dunker*, rare. (Fameuse quiétiste.)

86 **Gustave III**, par *Benedict*. — Ankerstroem, avec la scène du bal en bas, par *Bock*. 2 p. in-8 très-belles.

87 **Harrach** (Fréd., comte de), célèbre homme d'Etat autrichien. Grand in-8 par *Harrewyn*, rare, marge.

88 **Jean V**, roi de Portugal et sa Femme. 2 p. in-8 par *Petit*. Sup. ép., marge.

89 **Jourgniac Saint Méard**, officier au rég. d'infanterie du Roi, avec deux scènes à l'abbaye, 1792. Charmant portrait in-8, rare, toute marge.

90 **Koningsmark** (Diane, comtesse de), mère du maréchal de Saxe et célèbre amie d'Auguste Lefort. In-4, manière noire, par *Schenk*. Rare.

91 **Lafayette** (Très-vertueuse et très-noble damoiselle Louise-Angelique de), fille de la Reyne à présent religieuse à Sainte-Marie. In-8 par *Moncornet*. Superbe ép., marge, rare.

92 **Lalive de Jully** (A. L. de), amateur. In-4 gravé par lui-même, d'ap. *Cochin*.

93 **Lamballe** (Princesse de). In-8 par *Roosing*. A Rotterdam, rare, marge.

94 **Lambese** (le prince) aux Tuileries; scène historique très-curieuse; moment de l'entrée où il chasse les promeneurs à coups de mousquet. Petit in-fol. en couleur très-rare. Très-belle ép.

Lab. 5 [illegible]

6 Lab. 0 Michel 7.

2 Michel 6

Demonet Lab. 20 Apl. 2 50 Dilet. 10 Michel 12 [illegible]

Mil 10 Demonet Lab 25

Michel 2 50

Lab 4 Michel 3

12 Lab 10

Michel 13 Lab. 25 Joly 10 [illegible]

[illegible] 6 Labour

Labour 10

Dues 3 Gardien 10

Dues 3 Michel 3

Lab 5

Lab 15

Lab. 6

Lab. 4 Demoner

Michel 11 [illegible] 3

Michel 6 Lab. 10

95 **Lange** (Mlle), de la Comédie-Française, au physionotrace. Extrêmement rare.

96 **Laporte** (Joseph de), abbé, par *Ingouf* jeune. In-8. Très-belle ép., toute marge.

97 **Laporte**, acteur du Vaudeville, rôle d'Arlequin. Jolie aquarelle par l'acteur *Joly*. In-8.

98 **Larive**, acteur. Médaillon in-8 en couleur avant toute lettre. Charmant portrait, rare.

99 **La Rochefoucauld** (François VI, duc de), auteur des Maximes. In-8 par *Choffard*, d'ap. Petitot. Marge in-4. Sup. ép.

100 **Lauzun** (le chevalier de). Charmante vignette par *Bacon*, d'ap. Devéria. Superbe ép. d'artiste sur chine. -- La même avec la lettre. 2 p. in-8, toute marge.

101 **Law**. Portraits ancien et moderne, en pied et vignette. 4 p. in-8.

102 **Lavalette** (Marie Chamand, comtesse de). In-8 par *Garé*. Très-rare.

103 **Lavallière** (Duchesse de), pénitente, en religieuse. Petit portrait rare — par *Chaulet* — par *Hopwood* et autre. 4 p. in-8.

104 **Lecouvreur** (Mlle). In-8 par *Schmidt*. Très-belle ép., marge.

105 **Le Maure** (Mlle). Problème d'opéra en 1740; elle est costumée en religieuse et en actrice entourée de trois personnes qui la conseillent. In-4 en travers. Pièce très-rare et très-curieuse.

106 **Lescombat** (Marie Cath. Taperet, veuve de), complice de l'assassinat de son mari. In-8, chez *Petit*. Très-belle ép. très-rare.

107 **Lieven** (Princesse de), dame d'honneur de cour impériale. In-8 rare, toute marge.

108 **Lotte** de Werther. Charlotte van Kestner par *Aug. Kussener*. Grand in-8 sur chine, avec facsimile de signature, toute marge, très-rare.

109 **Louis XV** encore enfant. 2 portraits in-8, différents, rares.

110 **Louis** dauphin, père de Louis XVI — Louis XVI encore enfant. 2 petits portraits par *Lempereur* dans des ornements, en travers.

111 **Louis seize**. In-8 ovale en couleur par *Bovi*. Superbe ép., toute marge.

112 — d'ap. Le Mire, Haid, Pelée, et Médaille allégorique sur le rétablissement de la marine, rare. 4 p. très-belles.

113 **Louis** Joseph Xavier de France, dauphin, né le 22 octobre 1781. Grand in-8 par *Dupin* d'ap. Desrais. Toute marge, rare.

114 **Louis XVII** par Gabrielli, Schiavonetti. 2 p. in-8.

115 **Louis XVIII**, par Audinet, Bertonnier, Marchand, et d'ap. Roger. 4 p. in-8.

116 **Louise-Marie** de France, carmélite. Grand in-8 par *Le Beau*, d'ap. Queverdo. Très-belle ép., toute marge.

117 **Maine** (L. Aug. de Bourbon, duc du). In-8 par *Desrochers*. Superbe ép.

118 **Maintenon**, n'étant encore que Madame Scarron. In-8 par *Laugier*, d'ap. Petitot. Charmant portrait. Sup. ép., marge.

Lab 10

Lab 15 Gaut. 10 Rub. 10.

Michel 5 Deel 3.

Lab. 5

4 Michel 2 50

Michel 3 [illegible] 2.50

Mil 5

Demonur Lab. 5

Ditch. 10 Lab. 4

Herzog 20 Lab. 25 Kelay 15

Michel 7 Demonet

Michel 8

Ditch. 6 Lab 6 Demonet

Ulric
Lab. 6 R 8

bonfrig

Michel 4 Lab. 6

119 — par Forssell, Roger, Sibelius, Tavernier, avant la lettre; son appartement à Fontainebleau. 5 p. in-8. Très-belles ép.

120 **Mara** (Mme), rôle d'Armide. In-4 par *Collyer*. Sup. ép.. marge.

121 **Marie-Antoinette.** In-4 par *Gabrielli*, avec la scène en bas : le moment où elle va monter à l'échafaud. Sup. ép., très-rare.

122 **Marie** Elisabeth Josephe, archiduchesse d'Autriche. Grand in-4 par *Houbraken*. Très-belle.

123 **Marie-Thérèse.** — M. Ad. Clotilde. — M. A. Auguste de Saxe. — M. Caroline de Sicile. — M. Thérèse d'Artois. 5 portraits in.8 et grand in-8. Très-belles ép.

124 **Marion de Lorme.** In-8 par *Le Bert*, d'ap. Du Gour. Très-belle ép., marge, rare.

125 **Martinez de la Roza**, homme d'État, littérateur. Dessin original en bistre fait pour l'édition Baudry.

126 **Maupin** (Mlle) — Mlle Moreau, danseuses à l'Opéra, en pied, chez Berey et Mariette. 2 p. petit in-fol. Très-belles ép.

127 **Mayeur** (F.-M.), rôle de Cl. Bagnolet, acteur et poëte. Grand in-8 en couleur par *Ridé*. Rare.

128 **Médicis** (Catherine et Marie de). 4 portraits in-8 différents.

129 **Melas**, général en Italie. In-8 par *Schleich*. Rare.

130 **Mercier** (C.-F.), de Compiègne. In-8 par *Villerey*. Rare. — L. Seb. Mercier, académicien. Grand in-8 par *Henriquez*. 2 p. très-belles ép.

131 **Merlin** (Mme la comtesse). In-8 par *Hopwood*, d'ap. Mme Pauliner. Sup. ép. sur chine, toute marge.

132 **Milton** (Jean), a 20 ans. In-8, toute marge.

133 **Molé** (le comte), ovale en bistre, in-8. Rare. Avant toute lettre.

134 **Molière**. In-8 par *Cathelin*, d'après Mignard. Magnifique ép. ancienne et toute marge du beau portrait qui est en tête de l'*édition de Bret*.

135 — par *Desrochers*, *Hivenne*. 2 p. in-8, très-belles ép., toute marge.

136 **Montbason** (Marie de Bretaigne duchesse de). Petit portrait en travers pour les Siècles de Lapeyre. Très-rare.

137 **Montespan** (F.-A. de Rochechouart marquise de). In-8, par *Desrochers*. Très-belle ép. rare.

138 **Murat** (Caroline), reine de Naples. In-8, par *Hopwood*, *Read*. 2 p. sup. ép. toute marge.

139 **Musset** (Alfred de). In-4, par *Pollet*, d'ap. Landelle. Superbe ép. sur chine avant la lettre.

140 **Ninon de l'Enclos**, par *Masquelier*, *Tavernier*, avant la lettre, *Hall* et autre d'ap. la peinture donnée par elle-même à la comtesse de Sandwich. Rare, 4 p. in-8, très-belles ép.

141 **Oliva** (Mademoiselle d'), de l'affaire du collier, 2 portraits in-8 différents.

142 **Olivier** (Mademoiselle) de la Comédie-Française. In-8, par *Lebeau*, d'après Desrais. Très-belle ép. toute marge.

143 **Orléans**. Gaston — Louis par *Desrochers*, *Daullé* — le Régent — Égalité, 2 diff. — Louis-Phi-

?. ? 50 Ditch 6

Lab. 3

Mit 30 Demonet Lab 20

Lab 5 Michel 5.50

Mit 10 Demonet Lab. 10.

Lab. 10 Apel. 5.

Lab 5

R 20

Michel 3

Lab. 6 Veyr 2 25

H. 4 Demonet

Guer. 1 50
Lab. 20

Dub. l'Et. 3

H. 4

Veyr 1.50

lippe Ier et la Reine, sur chine — Hélène — Montpensier et Louise, inf. d'Espagne — le comte de Paris. 15 portraits, belles ép.

144 **Palissot**, lecteur du duc d'Orléans. In-8, par *Choffard*. Sup. ép., *Disart*, *Poletnich*, 3 p. Très-belles ép. toute marge.

145 **Palmezeaux**, orateur et poëte. Grand in-8, par *Chailly*. Très-belle ép. marge, rare.

146 **Paul I** Petrowitz — la princesse de Wurtemberg. 4 p. In-8.

147 **Orléans** (Marie d'), duchesse de Nemours. Grand in-8 octogone. Très-belle ép. toute marge. Rare.

148 — (Henriette, duchesse d') In-4 par *Platt*, in-8 par *Turner*. Deux jolis portraits. Très-belles ép.

149 — F.-M. de Bourbon, épouse du Régent. In-8, par *Desrochers*. Magnifique ép.

150 — la Palatine, par *Read* — F.-M. d'Orléans, par *Johannot* — L.-M.-A. de B. Penthièvre, duchesse de Chartres, par *Lebeau*. 4 p. in-8. Très-belles ép., marge.

151 **Pitt** (William). In-4, chez *Haid*. Sup. ép.

152 **Polignac** (la duchesse de) In-4, par *J. Smith*, à Londres. Très-rare.

153 **Pompadour** (Madame la marquise de), d'après *Boucher*. In-4, manière noire.

154 **Prevost** (A.-F. abbé). Aumonier du prince de Conti, par *Will*, 1740, et autre. 2 portraits in-8 rares, remargés.

155 **Racine** (Louis), académicien. In-8, par *Tanje*. Magnifique épreuve, marge.

156 **Radetzky**, maréchal autrichien. 2 p. in-8, dont une d'ap. le daguerréotype. Rare, toute marge.

157 **Raucourt** (Mademoiselle), de la Comédie-Française. Grand in-8, par *Le Beau*, avec scène en bas. Très-belle ép., marge.

158 — La même in-4, avec sept vers en bas.

159 **Recamier** (Madame). In-8, collection *Bonneville*. Rare.

160 — à mi-corps, montant l'escalier. Grand in-4, par *Cardon*, d'ap. Cosway. Très-belle ép.

161 **Rigoley de Juvigny**, conseiller au Parlement de Metz. In-4 par *Miger*, d'après Cochin. Belle ép.

162 **Robespierre** le jeune, rarissime — et l'aîné. Ovale in-8 par *Bonneville*. Marge. 2 p.

163 — (Maximilien), pressant un cœur dans une coupe, — son portrait-médaillon sur la guillotine. 2 p. très-rares.

164 — par Berger, Bosselman, Goutière, etc., et vignette de son arrestation. Rare. 6 p. in-8.

165 **Rohan** (Anne de) Guemënée — Louis de — Marguerite — Marg. de Bethune — Marie, duchesse de Chevreuse. 5 portraits in-8, par *Moncornet* et *Balechou*. Très-belles ép.

166 **Roland** (Madame). Médaillon in-8, avec quatre vers. Très-rare, toute marge.

167 — par *Bonneville, Hopwood* et autre, et son mari. 5 p. in-8.

168 **Sablière** (Madame de la). In-8, par *Tony Johan-*

Lab. 10

[illegible] 1.25 Lab. 6

Michel 9

1.15 Lab 12 Michel 7

Lab. 10

~~Demonet~~

Hedou 5. C'e Mayet 5

Michel 5 Dubl'Et. 5

Michel 28 Demonet

Michel 4
Michel 3
Michel 4
Michel 4.25

Herzog 6 Michel 7 Lab. 10 H.

not. Superbe ép. sur chine, avant la lettre, toute marge.

169 **Saint-Evremont**. In-8, par *Saint-Aubin* et autres. 2 p.

170 **Sand** (Georges). In-8 par *Calamatta*. Très-belle ép. avant la lettre.

171 **Scriwaneck** (Mademoiselle), dans les Baigneuses, en pied. Joli dessin à la mine de plomb, par *Eustache Lorsay*.

172 **Sévigné** (Marie de Rabutin-Chantal, marquise de). In-8, par *Chereau*. Très-belle ép. remargée à claire-voie.

173 — par *N. Edelinck*, d'ap. Nanteuil *ad vivum*. Magnifique ép. de la plus belle condition, avec une petite marge. In-8. Rare.

174 — par *Fittler*. In-8, avant la lettre. Rare.

175 — par *Petit*. In-8, superbe épreuve, marge.

176 — par *Schmidt*. In-8, superbe ép., marge.

177 — par *Bertonnier*, avant la lettre, chine, par *Mackenzie*. 2 p. in-8. Très-belles ép., toute marge.

178 **Silvia** (Mademoiselle), dansant avec Thomassin en arlequin. Charmante petite pièce, par *Cars*, d'ap. Lancret, grand in-8, sup. ép. toute marge. Rare.

179 **Stasnislas I**, roi de Pologne, en pied, par *Colin*, à Nancy. — le Même de profil, par *Collin*; — autre in-12. — 3 p.

180 **Stanislas Auguste**, roi de Pologne, d'après Mme Baciarelli; — autre par *Greig*. 2 p., très-belles ép.

181 **Strinasacchi** (Teresa). In-4, par *F. Novelli*, célèbre cantatrice italienne. Rare. Très-belle ép.

182 **Tallien**, par *Bock*, *Jones*. 2 p. in-8.

183 **Vanhove** (Mademoiselle), de la Comédie-Française. Ovale in-8 en couleur. Très-rare, marge.

184 **Vendome** (Philippe de), grand prieur de France. Superbe ép. d'un très-petit portrait ovale et très-rare.

185 **Werther**, avec scène de l'Embrassement au bas, par *Berger*, d'ap, Chodowiecki. Très-belle ép. d'une pièce charmante et recherchée.

186 **Verzuso** de Beretti, marquis de Castelleto. In-8, par *B. Picart*, sans marge.

187 **Vigny** (Alfred de). In-8. *Baudran Glymmatog.* Rare — Médaillon de David. 2. p.

188 **Vogler** (abbé), musicien. In-8, par *Durmer*. Très-belle épreuve, très-rare.

189 **Voltaire**. Titre du Commentaire sur la Henriade, avec les portraits de La Beaumelle et de Freron. Grand in-8, sup. ép. par *Saint-Aubin*.

190 — par Hopwood, Ravenet, Tardieu, etc. 8 p. in-8.

PORTRAITS

Classés par Graveurs et Professions

191 **Adam** (J.). Charles, archiduc d'Autriche — Joseph II — Loudon — Marie-Anne, archiduchesse — Maximilien — Pie VI, et par *Mansfeld*, comte de Lacy — Wurmser — Cobourg — Ferdinand III. 10 p. in-8.

Fitch 5

50 Lab. 6

Michel 4

Lab. 10 Michel 9

Morg. 8 50 Gaud. 10

Dub. 1 Et. 5.

a 1/

Michel *[illegible]* *[illegible]* *[illegible]* Damours

192 **Barbié**. Chevert — Estaing — Montcalm. 3 p. in-8. Rares.

193 **Bonneville**. Députés, généraux et célébrités de l'époque. 123 p. dont des doubles. Formera 2 lots.

194 **Ceroni**. Christine de Suède — Fontanges — Montpensier — de La Suze, etc. 5 p. in-8. Très-belles ép.

195 **Crespi**. Caumartin, év. de Blois. — Huet — le Père Michel Letellier — P. Ori — Titon. 5 p. in-8.

196 **De Marcenay**. Bayard — l'Hôpital. 2 p. in-8, superbes épreuves avant toute lettre. Toute marge.

197 — Henri IV — Sully — de Thou. 3 p. in-8. Très-belles ép., marge.

198 **Desrochers**. Célébrités littéraires, ecclésiastiques et autres. 22 p. in-8. La plupart très-belles ép. avec marge.

199 **Desrochers** et Daumont. 21 portraits, la plupart ecclésiastiques.

200 **Dien**. Bonchamp — Mme Campan — Dussaulx — marquis de Ferrière, etc. 7 p. in-8, dont 5 avant la lettre. Sup. ép.

201 **Emaux de Petitot** (d'ap. les). Mesdames de Grignan, Montpensier et autres, Castelnau, Petitot, etc. 8 p. in-8, dont 7 avant la lettre, chine.

202 **Ficquet**. Lamothe le Vayer — J.-J. Rousseau — Voltaire. 3 belles ép. remargées.

203 **Ficquet**. Vadé, chansonnier. In-8. Très-belle.

204 **Hillemacher**. Armand d'Ailly — Dugazon — Guyaud — Monvel — Sully. 5 portraits à l'eau-forte. In-8, toute marge.

205 **Moncornet**. Anne d'Autriche et autres. 9 p. in-8.

206 **Moreau** le jeune. J.-B. de la Borde, 1er valet de chambre du roi. In-4, d'ap. *Denon*, 1770. Sup. ép. toute marge.

207 **Nilson**. Louis XVI — Marie-Antoinette — Marie-Thérèse. 3 p. grand in-8, dans des ornements. Très-belles ép.

208 **Odieuvre** (suite d'). Rois d'Angleterre. 16 p. — Ecclésiastiques. 9 p — Artistes. 13 — Célébrités diverses. 23 p. En tout 61 p. in-8, avec marge.

209 **Picart**. Ornements, arabesques et petits sujets gracieux dits tabatières. 18 p. Très-belles ép.

210 **Reynolds**. Frédéric, duc d'Yorck, en pied. In-4.

211 **Savart**. Bernis — Boileau. 2 p. in-8. Très-belles.

212 **Schiavonetti**. Louis XVII — sa Sœur — Louis XVIII, duc d'Angoulème jeune, avant et avec la lettre. 5 p. in-8.

213 **Vérité**. Députés, etc., et par Dejabin. 8 p.

214 **Will**. Catinat. — Largillière — Parrocel — Wolff. 4 p. in-8. Superbes épreuves, marge.

215 **Vinkeles**. Députés, généraux et célébrités qui font partie des tableaux de la Révolution. 108 p. dont des doubles. 2 lots.

216 — Scènes choisies, les plus importantes, Arres-

[illegible] 10. R 15.

Michel 4

4. 5

[illegible] 10

Lind 1-25

[illegible] 10

[illegible] R. 2.

Vergl: 12

tation à Varennes, Séparation de la famille royale, Supplice de Marie-Antoinette, etc. 17 p.

217 **Portraits** publiés par Delloye, la plupart femmes célèbres. 12 p. in-8, et 15 publiés par Delpech. En tout 27 p.

218 — Charges de Dantan, silhouettes noires. 31 p.

219 **Portraits** par Moncornet, Odieuvre et autres anciens, choisis pour illustrer *Saint-Simon* et *Tallemant des Réaux*. 97 p.

220 — modernes tirés des galeries de Versailles et autres, la plupart recueillis pour Tallemant. 57 p. in-8.

221 **Actrices**. Brohan, Chéri, Patti, etc. 24 p.

222 **Acteurs** français, anciens et modernes. 32 p.

223 **Acteurs** anglais et allemands. 27 p.

224 **Actrices** anglaises et allemandes. 14 p.

225 **Artistes**. Peintres, Sculpteurs. 31 p. in-8 et in-4. Très-belles ép.

226 **Ecclésiastiques**. Papes, etc. 30 p. in-8.

227 **Femmes célèbres** dans les lettres, Reines et Princesses, etc. 66 p. in-8 et in-4.

228 **Médecins**, Paré par *Ficquet* et autres. 8 p.

229 **Musiciens**. Haydn, Mozart, etc. 28 p.

230 **Rois de France**. Charles VIII, IX, François I, Henri III, IV, Louis XII, XIII, XIV, XV. 22 p. in-8. Très-belles ép., plusieurs avant la lettre et sur chine.

231 **Littérateurs**, Poètes, Romanciers, etc. 230 p. Sera divisé.

232 **Célébrités**. Divers, Généraux, Princes, etc. 224 p. Sera divisé.

COLLECTIONS DE VIGNETTES

233 **Barthelemy**. Voyage d'Anacharsis, d'ap. *Desenne*. 29 p. avant la lettre. Complet.

234 **Corneille** (P. et Th.). Théâtre d'ap. *Moreau*. 19 p. papier vergé. Complet, moins les portraits.

235 **Molière**, d'ap. *Desenne*, avant la lettre. 21 p. Complet.

236 **Molière.** Édition de *Bret*. 1re suite d'ap. *Moreau*. 34 p. y compris le portrait par *Cathelin*. Complet, suite rare.

237 **Molière** de *Punt*, tirage les planches entières 2 et 3 à la feuille. 33 p. Complet.

238 — Anciennes vignettes pour Molière. 26 p.

239 **Virgile**, d'ap. *Moreau* et Zocchi. 18 p. Complet.

240 **Voltaire**. La Henriade, d'ap. *Eisen*, par Le Mire, Aliamet et autres. 10 p. Belles ép.

241 **La Fontaine**. Fables. In-8, d'ap. *Huet*, gravé à l'eau-forte, par *Malbeste*, en 1821-1822. 16 p. ép. d'artistes d'uue grande rareté. 12 ép. Sont sur chine.

242 **La Fontaine**. Fables, Contes, Psyché. 6 p. Diverses avant la lettre, d'ap. *Moreau*.

— Fables. 8 p. avec la lettre, d'après *Moreau*.

— Fables et Contes, d'après *Johannot*. 11 p.

243 **Corneille** (P. et Th.). Théâtre. 8 p., d'ap. *Moreau*, dont 4 avant la lettre.

244 **Télémaque**, d'ap. Moreau. Il manque la Course, par Girardet. 24 p.

Dus 7.

Dus 8.

Dus 10

Gadala 80 Dus 10

10. Dus 10

Dus 10

B. d'H. 1.75 Dus 2

Gadala 20.80 Morg 35 Watelee 32. Dus 18

Dus 10

— 0 —

— 0 —

Dus 6

Dur' 2

Dur 6 Dub l'Et. 10

Dur 6

245 **Gil Blas**, de *Desenne,* 10 p. sur chine.

246 **Sévigné**. Vues de châteaux et portraits de l'édition de Blaise. 18 p.

247 **Vignettes** diverses. Bérenger, par H. Monnier et d'ap. Cochin, Eisen. Titres de Racine, par Choffard, Marillier, Moreau, etc. 32 p.

248 **Vignettes**. Mariage de Marie-Antoinette, Jeu de Paume, Adieux de Louis XVI ; plusieurs différents et autres sujets historiques sur cette époque et autres. 25 p.

249 — Vues de Paris, France et divers pays d'Europe, Orient et autres sujets pour illustration. 264 p. Sera divisé.

250 **Autographes**, principalement relatifs au théâtre. Lemenil, Saint-Germain, très-drôle, et autres, charges, effet de neige au bistre, par Pierron, croquis, portraits imprimés curieux. Un lot.

Renou et Maulde, imprimeurs de la Compagnie des Commissaires-Priseurs, rue de Rivoli, 144
17893

CATALOGUE N° 3

DE DIVERSES COLLECTIONS DE

PORTRAITS

POUR

ILLUSTRATIONS ET JOINDRE AUX AUTOGRAPHES

QUI SE TROUVENT CHEZ

VIGNÈRES

MARCHAND D'ESTAMPES ANCIENNES

A PARIS

EXPRESSIONS EMPLOYÉES POUR DÉSIGNER LA FORME DES PORTRAITS

Claire-voie, sans aucune forme autour du portraits.
Ovale ou *rond*, lorsqu'un filet ou le fond à cette forme.
Ovale ou *rond équarri*, lorsqu'un médaillon se trouve terminé par des angles ou posé sur un fond carré.
Carré ou *octogone*, lorsqu'un filet ou le fond a cette forme.

ILLUSTRATIONS POUR L'HISTOIRE DE FRANCE

43 Portraits à claire-voie et 7 Vignettes

Gravés par RANSONNETTE, d'après RAFFET,

50 *Pièces in-8°, papier format in-4°. La Collection complète :* **22** *fr.*

CHAQUE : **50** CENT.

Augereau, maréchal.
Bayard.
Beauharnais (Eugène).
Bertrand, général.
Connétable de Bourbon.
Charlemagne.
Charles V, roi de France.
Charles VII, roi de France.
Charles IX, roi de France.
Clovis, roi de France.
Charlotte Corday.
Dubois, cardinal.
Duguesclin.
François Ier, roi de France.
Guise (duc de), Balafré.
Henri IV, roi de France.
Hugues Capet, roi de France.
Jeanne d'Arc.
Joséphine d'après Isabey.
Lafayette, général.
Saint-Louis, roi de France.
Louis XI, roi de France.
Louis XII, roi de France.
Louis XIII, roi de France.
Louis XIV, roi de France.
Louis XV, roi de France.
Louis XVI, roi de France.
Louis XVIII, roi de France.
Marat.
Marie-Antoinette, reine.
Masséna, maréchal.
Mazarin, cardinal.
Médicis (Catherine de)
Molay (Jacques de)
Napoléon Ier.
Ney, maréchal.
Philippe-Auguste, roi de France.
Philippe-le-Bel, roi de France.
Richelieu, cardinal.
Robespierre.
Sully (M. de Bethune, duc de).
Talleyrand-Périgord.
Turenne, maréchal.
Tombeau de Charlemagne.
Entrée d'Henri IV à Paris.
Château de Plessis-les-Tours.
Château de Chambord.
Vue de la Bastille en 1788.
Monument érigé à Jeanne-d'Arc.
La Tour du Temple.

59e. Bordereau

N°	Titre	Acquéreur	F.	C.
2	Aïssé	Labou[illegible]	6	[illegible]0
3	Albany	H	1	.
6	Arnaud		1	[illegible]0
8	Balzac	Demonet	[illegible]	[illegible]
9	— Verneuil	H	3	.
10	Bandettini	Litchfield	2	.
11	Beauharnais	Labouchere	2	.
12	Beaulieu Rico	[illegible]	2	.
15	Bernardin St P.	Duer	5	[illegible]0
16	Bertrand Moleville	R	21	.
20	Bonaparte M^e	Labouchere	[illegible]	.
24	Bourgogne	Voysot	2	.
25	— Duchesse	Voysot	1	.
27	Cadoudal	Labouchere	1	.
[illegible]	Cambacérès	H	1	.
[illegible]	Chalais	Miltgunn	3	.
[illegible]	Champion	H	1	.
[illegible]3	Chantal	Henrotte	[illegible]	[illegible]0
[illegible]	Charles XII	Labouchere	3	.
[illegible]	Ch[illegible]	[illegible]	[illegible]	[illegible]
[illegible]6	Charlotte	Labouchere	[illegible]	.
[illegible]8	Cimarosa	Lachapelle	[illegible]	[illegible]0
[illegible]	Contat	[illegible]	[illegible]	.
[illegible]	Condé ep.	Combrouse	3	.
41	Condillac	Litchfield	3	.
42	Conti	Miltgunn	4	.
43	Conti	Labouchere	6	.
44	Conty	Miltgunn	3	.
45.	Conty	Labouchere	1[illegible]	.
47.	Armand	Miltgunn	6	.
48.	Conty [illegible]	Labouchere	6	.
[illegible]0	Coyer	Henrotte	2	.
51	Czartoriska	[illegible]	[illegible]	.
55	Dean	Labouchere	6	.
[illegible]7	Devonshire	Labouchere	3	.
59	Docteur	Durand	1	[illegible]0
60	Dorat	Labouchere	13	.
61	Drouet	R	21	.
62	Dubarry	Demonet	11	.
[illegible]	Duclos	H	[illegible]	.
65	Dugazon	Michelot / Demonet	4	.

N°	Titre	Acquéreur	F.	C.
[illegible]	[illegible]	Philippot	5	.
[illegible]	[illegible]		2	.
[illegible]	[illegible]	H	1	.
[illegible]	[illegible]emming	Apell	2	.
74	[illegible]mentin	Henrotte	1	.
8	[illegible]	Labouchere	3	.
[illegible]	[illegible]	H	1	50
82	[illegible]	Labouchere	6	.
[illegible]	[illegible]	Michelot	3	.
[illegible]	[illegible]	~~Henrotte~~ Labouchere	5	50
[illegible]	[illegible]stave III	Michelot	6	50
[illegible]	[illegible]gnier	R	16	.
[illegible]	[illegible]ingsmarck	Combrouse	25	.
[illegible]	Lafayette	Labouchere	21	.
[illegible]	[illegible]	Michelot	2	.
[illegible]	Lamballe	Labouchere	3	50
[illegible]	[illegible] abbé	Labouchere	2	.
[illegible]	[illegible]	Labouchere	[illegible]	.
[illegible]	[illegible]	Gaultier	4	.
[illegible]	[illegible]	~~[illegible]~~	3	25
[illegible]	[illegible]	Labouchere	2	.
[illegible]	[illegible]	Combrouse	16	.
[illegible]	[illegible]	Labouchere	5	.
[illegible]	[illegible]	Demonet	4	[illegible]
[illegible]	[illegible]	Labouchere	34	.
[illegible]	[illegible]	Labouchere	11	.
[illegible]	[illegible]	Labouchere	2	.
[illegible]	[illegible] XII	Philippot	2	.
[illegible]	[illegible]	R	3	.
[illegible]	[illegible]	H	1	.
[illegible]	[illegible]aine	Miltgunn	4	.
118	[illegible]	Demonet	5	50
[illegible]	[illegible]	Litchfield	4	50
[illegible]	[illegible]	Demonet	7	50
123	[illegible]	Michelot	4	.
[illegible]	[illegible]arion	Demonet	6	50
[illegible]	[illegible]	[illegible]	2	50
[illegible]	[illegible]	R	6	50
[illegible]30	[illegible]	Labouchere	6	.
[illegible]	[illegible]	Litchfield	5	.
[illegible]	[illegible]ilton	Labouchere	1	.
134	[illegible]	~~Miltgunn~~ Labouchere	31	.
			[illegible]	[illegible]

N°	Nom		Montant	
136	Montbosn	Labou[illegible]	[illegible]	.
137	Montespan	Labouchere	[illegible]	.
140	Ninon	Labou[illegible]		.
141	Oliva	Labouchere	2	50.
143	Orleans	Combarom	8	.
144	Palissot	Maum.	3	.
145	Palmezeaux	R.	5	.
146	Paul	Michelin.	[illegible]	.
148	Hamitte	Labouchere	[illegible]	.
149	Epouse du Vigne	Demonne.	[illegible]	.
151	[illegible]	Guerne.	1	[illegible]
152	Polignac	Labouchere	[illegible]	.
154	Prevost	H	3	.
155	Rocine	Veipde.	1	.
[illegible]	Roucoure	Labou[illegible]	[illegible]	.
[illegible]	Recordier	Labouchere	3	.
165	Rohan	Labouchere	[illegible]	.
167	Roland		2	—
168	Sablier	Demonne	[illegible]	.
[illegible]	[illegible]	H	1	.
[illegible]	[illegible]	[illegible]	[illegible]	[illegible]
171	[illegible]	H	1	
172	Sevigné	[illegible]	[illegible]	.
174	— Filbert	Michelin.	4	50.
176	— Schneider	[illegible]	4	50.
177	— [illegible]	[illegible]	4	50.
178	Silvia	Labouchere	10	.
181	Strinopachi	Ditchfi[illegible].	5	.
182	Tallien	R.	5	.0.
185	Werther 21	Gautier.	9	.
187	Vigny	Dub l'étang	3	.
193	Bonneville 100	R.	55	.
	23.	R	9	.
195	Crespy		3	.
199	Desrochers		10	50.
203	Figuers	Demonne.	4	50.
204	Hillemacher	H	1	[illegible]
206	Moreau	R.	12	.
208	Odeum [illegible] 48		21	.
	odeum [illegible] 13		4	.
210	York [illegible]	Michelin.	3	.
213	Verde	V.	5	.

72[illegible]

N°	Nom		Montant	
			723	50
[illegible]	[illegible] 72	R.	28	.
[illegible]	[illegible] 32		17	50.
[illegible]	[illegible]	R.	2	.
[illegible]	[illegible]		7	50.
222	[illegible]		10	50.
[illegible]	[illegible]	Veipde.	11	.
231	110.		32	.
[illegible] 2	80		25	.
[illegible]	Barthelemy	Durand.	7	.
[illegible]5	[illegible]	Durand.	9	.
236	[illegible]	R.	25	.
238	[illegible]	Durand.	10	.
240	[illegible]	Durand.	2	.
[illegible]	La fontaine	Gadala.	36	.
[illegible]	La fontaine	Durand.	5	.
[illegible]	Corneille	Durand.	6	.
[illegible]	Gil Blas	Durand [illegible]	1	.
[illegible]	[illegible]ette	Durand.	6	.
			[illegible]036	

1500 [illegible] 1038 [illegible]

[illegible]

1027 [illegible]

1411 [illegible]

www.ingramcontent.com/pod-product-compliance
Ingram Content Group UK Ltd.
Pitfield, Milton Keynes, MK11 3LW, UK
UKHW021509260726
13993UKWH00004B/1619

9 782329 469034